40

TABLEAUX

PAR

SVOBODA

VENTE

HOTEL DROUOT, SALLE N° 1

Le Lundi 7 Mai 1877

A TROIS HEURES

PAR LE MINISTÈRE DE **Me QUÉVREMONT**, COMMISSAIRE-PRISEUR

46, rue Richer

ASSISTÉ DE **M. F. RIETLINGER**, EXPERT

1, rue de Navarin

EXPOSITION PUBLIQUE

LE DIMANCHE 6 MAI 1877, DE 1 HEURE A 5 HEURES

CONDITIONS DE LA VENTE

Elle sera faite au comptant.

Les adjudicataires payeront *cinq pour cent*, en sus des adjudications, applicables aux frais.

M. SVOBODA

On a écrit sur l'Orient des pages étincelantes et vraies ; peu de peintres l'ont rendu tel qu'il est. Si les merveilleuses descriptions des écrivains ne sont point à refaire, il est permis de tenter de compléter l'œuvre des Decamps et des Fromentin sur un pays qu'ils n'ont qu'entrevu et dans lequel ils n'ont point pénétré.

C'est ce qu'a essayé un peintre hongrois très-apprécié des amateurs et qui vient demander aujourd'hui au public parisien sa consécration. M. Svoboda, quoique nouveau venu parmi nous, est fort apprécié à l'étranger, et notamment en Angleterre. C'est à l'école de Venise, devant les chefs-d'œuvre du Titien et de Paul Véronèse, qu'il se plaisait tant à copier, que M. Svoboda fit ses premières études ; l'on ne pouvait certes choisir de meilleurs maîtres.

Après un long séjour à Rome et à Florence, on le rencontre pour la première fois à Constantinople, prêt à aborder cette mystérieuse Asie, où devaient s'écouler vingt années de sa vie. Depuis, il l'a parcourue dans tous les sens, visitant le Kurdistan, l'Arménie, la Perse, l'Arabie, les Indes, pénétrant jusqu'à l'extrême frontière de Cachemire et du Caboul. Il s'est assis dans l'enceinte de Ninive, sur les rives du fleuve de Babylone; il est allé à Bagdad, à Pergame, à Éphèse et à Sardes, la ville de Crésus; dans la terre d'Égypte, aux ruines du temple de Vénus Aphrodite, à Palmyre, à la station anglaise de Peshawer, cheminant, le pinceau à la main, à travers les débris qui marquent les étapes diverses où s'est reposée l'humanité voyageuse.

On peut donc dire de M. Svoboda qu'il a réellement vécu en Orient; de telle sorte que les scènes qu'il a traduites sont les plus frappantes de ses voyages. Comme on comprend plus facilement ces mœurs si naïves dont on a tant parlé sans les connaître! Comme on sent que ce n'est pas là une Asie factice! L'artiste a vu, regardé, et il est parti emportant en lui-même des traces ineffaçables, des gages certains de son étude. Ce qu'il a vu et senti, il nous le montre, et, grâce à son talent, grâce aussi à une exécution à la fois sévère et vraie, nous le voyons et nous le sentons comme lui.

Doué d'une rare habileté de main, M. Svoboda a réalisé sa pensée sous toutes les formes et dans toutes les proportions qu'il lui a plu de choisir; certaines de ses toiles figurent avec honneur dans les galeries les plus estimées, d'autres sont de charmants tableaux de cabinet. Un dessin correct, une ordonnance harmonieuse de lignes et de contours, une intelligence réelle de la lumière et de la perspective, un art étudié de varier les tons des *terrains et leurs mouvements : tels nous semblent les mérites à remarquer chez M. Svoboda. Jamais non plus il ne rétrécit l'horizon, jamais l'intérêt lumineux et pathétique ne manque ; il est bien de l'école de Venise, franc de couleur et se gardant d'oublier ce qui peut donner de l'élégance au visage humain.*

On ne saurait dire de M. Svoboda qu'il soit réaliste ; mais, s'il se défend de l'innovation aventureuse, s'il n'est pas de ceux qui voient le dernier mot de l'art dans l'imitation d'un brin d'herbe ou la reproduction scrupuleuse des muscles, il lutte cependant avec la vérité et ne se met jamais entre la nature et nous. Vivant dans le commerce familier des souvenirs antiques, il comprend la valeur du passé ; on sent qu'il en interprète les enseignements et que, comme tous ceux dont la volonté est d'assurer à leurs œuvres une réelle puissance de vie, il suit la seule idée qui soit juste, en cherchant, selon un mot célèbre, à inventer dans le cercle de la nature et de la tradition.

Voilà, certes, plus de motifs qu'il n'en fallait pour que nous fussions autorisé à dire aux esprits recueillis, amoureux d'impressions profondes, curieux de la réalité poétique de l'Orient vivement sentie et étudiée : Cet artiste est quelqu'un, arrêtez-vous et regardez son œuvre ; il vaut la peine qu'on y donne attention.

C. S.-DE SIREUILH.

Paris, 2 avril 1877.

DÉSIGNATION

1. — Harem avec danseuse.

H., $0^m,46$. L., $1^m,38$.

2. — Haydée.

H., $0^m,46$. L., $0^m,38$.

3. — Gul-Baïaz (Odalisque couchée).

H., $1^m,13$. L., $0^m,87$.

4. — Rebecca d'*Ivanhoé* de Walter Scott.

H., $1^m,13$. L., $0^m,87$.

5. — Nedjma. Fille arabe au puits.

H , $1^m,13$. L., $0^m,87$.

6. — Femme au perroquet.

H , $0^m,38$. L., $0^m,46$.

7. — Coquette. Femme regardant des bijoux.

H., $0^m,27$. L., $0^m,22$.

8. — Rêverie. Femme jouant de la mandoline.

H., 0^m,46. L., 0^m,38.

9. — Gorge de montagne près d'Éphèse, occupée par des brigands (Zeibecks).

H., 1^m,13. L., 0^m,87.

10. — Ninive sur le Tigre.

La ville moderne de Moussoul, d'où les antiquités qui sont au Louvre ont été embarquées.

H., 0^m,77. L., 1^m,22.

11. — Aphrodisias. Temple de Vénus Aphrodite, de l'époque d'Alexandre le Grand.

Ce temple était particulièrement sous la protection de la famille des Césars qui prétendaient être issus de Vénus.

H., 0^m,77. L., 1^m,22.

12. — Caravane de chameaux passant sur un pont près de Bagdad.

H., 0^m,89. L., 1^m,16.

13. — Caravane campée dans le désert de l'Arabie.

H., 0^m,77. L., 1^m,22.

14. — Hérapolis. Les Cascades des eaux pétrifiantes, d'une

hauteur de 400 pieds, formant des incrustations et des bassins naturels.

Les bains de Hérapolis étaient, au temps de Tibère, renommés pour leurs effets miraculeux (Strabon). Cette ville est située à peu de distance de Laodicée et de Colosse.

H., 0ᵐ,89. L., 1ᵐ,16.

15. — Pergame. Ruines de l'amphithéâtre; restes du temple de Minerve et palais de Lysimaque sur l'Acropole.

Cet amphithéâtre romain est le seul qui existe en Asie Mineure. Il date du IIᵉ siècle.

H., 0ᵐ,89. L., 1ᵐ,16.

16. — Babylone. Vue prise de la ville arabe de Hilla.

A gauche, dans le lointain, on voit les restes du temple de Bélus, et, à droite. le palais des rois.

H., 0ᵐ,77. L., 1ᵐ,22.

17. — Kaïber pass. Le Défilé du Kaïber, extrème nord des Indes, frontière du Caboul; vue de la station militaire du Peshawer.

H., 0ᵐ,77. L., 1ᵐ,22.

18. — Caravane entrant à Bagdad.

H., 0ᵐ,65. L., 0ᵐ,82.

19. — Babylone. Les restes du temple de Bélus et campement de Bédouins.

H., 0ᵐ,26. L., 0ᵐ,36.

20. — Éphèse. Ruines du temple de Diane; le port et la
prison de saint Paul sur la montagne.

H., 0ᵐ,26. L.. 0ᵐ,36.

21. — Éphèse. L'ancien Château et l'Église de Saint-Jean.

H., 0ᵐ,26. L., 0ᵐ,36.

22. — Sardes. L'Acropole de Crésus.

H., 0ᵐ,26. L., 0ᵐ,36.

23. — Smyrne. Pont des caravanes sur le fleuve Mélès.

H., 0ᵐ,26. L., 0ᵐ,36.

24. — Ninive sur le Tigre.

H., 0ᵐ,26. L., 0ᵐ,36.

25. — Éphèse. Les Aqueducs.

H., 0ᵐ,32. L.. 0ᵐ,41.

26. — Temple d'Esculape.

H., 0ᵐ,32. L., 0ᵐ,44.

27. — Ile de Croissy. Vue sur Bougival.

H., 0ᵐ,52. L., 0ᵐ,80.

28. — Tombeau de Set-Zbéida, femme de Haroun el Rachid,
    à Bagdad.

H., 0^m,22. L., 0^m,27.

29. — Sour. Ancienne Tyr.

H., 0^m,38. L., 0^m,46.

30. — Caïphas au pied du mont Carmel.

H., 0^m,38. L., 0^m,46.

31. — Mont Ararat.

H., 0^m,38. L., 0^m,46.

32. — Pont ruiné sur le Tigre, à Hassan-Keif, près de
    Gesireh.

H., 0^m,32. L., 0^m,41.

33. — Smyrne, les grands Aqueducs sur le fleuve Mélès.

H., 0^m,32. L., 0^m,41.

34. — Sardes. Les Restes du palais de Crésus qui furent
    plus tard convertis en Gérusia. (PLINE.)

H., 0^m,32. L., 0^m,41.

35. — Un Circassien.

H., 0^m,41. L., 0^m,32.

36. — Un Zeïbeck.

H., 0^m,41. L., 0^m,32.

37. — La Tamise près de Cookham. (Vue de Formosa.)

H., 0^m,21. L., 0^m,27.

38. — La Tamise, vue de Clevedon; château du duc de Westminster.

H., 0^m,24. L., 0^m,27.

39. — Bouchir, dans le golfe Persique.

H., 0^m,27. L., 0^m,35.

40. — Venise. Coucher de soleil. (Vue prise des Giardini.)

H , 0^m,31. L., 0^m,36.

PARIS. — Impr. J. CLAYE. — A. QUANTIN et Cie, rue Saint-Benoît. — [672]